ENTROPÍA A LAS 2:00 AM

Pablo J. Martínez

DESPREOCUPADA 5

MIEDO EN ESCALA 6

AÑORANZAS DE INVIERNO 8

AMISTADES DE UNA NOCHE 10

DEBUT Y DESPEDIDA 11

CARTA HACIA AL PASADO 14

LEJOS DE AQUÍ 16

OVEJA NEGRA 18

INTERPRETANDO SILENCIOS 20

SENSACIÓN DE OTOÑO 24

EL CAMINO LARGO A CASA 25

UN RITMO DIFERENTE 27

IMÁGENES AGUJERO DE GUSANO 30

ROMPIENDO SILENCIOS 32

CUANDO EL CIELO LLORA 36

LA LUZ QUE SE EXTINGUE 38

SOLLOZOS EN LA OSCURIDAD 41

MAR DE FRUSTRACIÓN 43

INQUIETUD 46

RETRATO 49

CAÍDA LIGERA 51

MEJOR DE LEJOS 53

AURORA BOREAL 57

IMPLOSIÓN 60

CRISIS DEL TAMAÑO DE UN QUARK 62

NUNCA APRENDÍ 65

LA PEOR PANDEMIA NO ES UN VIRUS 67

LA ENTROPÍA DE LOS PENSAMIENTOS 68

PLAYLIST 70

LA ÚLTIMA VEZ 72

GABRIELLE 73

AMNESIA 75

FANTASMA 76

TALENTO 78

META 79

CONSANGUÍNEA 80

LUNA 84

TODAVÍA FALTA 86

LÁGRIMAS QUE NO EXISTEN 88

UNA   89

NO TE DARÁ   90

CIUDAD DE CANTERA ROSA   92

RED SOCIAL   94

DESPEDIDA A MEDIAS   96

EL HOMBRE DE LAS MALAS DECISIONES   98

CAMBIOS   101

CAMINATA   103

EL GATO NEGRO   104

ENCUENTRO   106

EL FIN DE LA ENTROPÍA   108

GRACIAS   110

EPÍLOGO   113

AGRADECIMIENTOS   117

DESPREOCUPADA

En sus anécdotas hacía mención a momentos no gratos. Cualquier otro tendría resentimientos de hechos desagradables. No era su caso, en sus palabras no había remordimientos, no había pesares. No solía mirar al pasado y pasaba por alto muchas cosas. Si se equivocaba, no se mortificaba pues entendía que lo que estaba hecho no podía deshacerse. Lo poco que mira, lo hace con risas de por medio de momentos agridulces pero que la hicieron ser la persona que es ahora.

MIEDO EN ESCALA

El mundo es tan inmenso y yo me siento tan pequeño. Mis miedos pese a sentirse enormes, en comparación, son solo un punto en la nada. El mundo es tan gigante y yo aquí tan insignificante. No perdona, no se detiene, no puedo seguirle el paso, siempre me quedo atascado. El mundo es tan exorbitante y yo solo soy uno de sus millones de habitantes. Desapercibido entre los demás, mis preocupaciones son solo mías y nada más.

Me quedo atrás, quisiera descansar. En esta vida
tan complicada no hay momento en el que parar.
Y si me quedo atrás, he perdido, el tiempo ya no
se recuperará. Consternaciones colosales, que en
este mundo no son más que cosas banales.

AÑORANZAS DE INVIERNO

Aquellos viejos días especiales de un momento a otro dejaron de serlo, volviéndose como cualquier otro. La comida, los regalos y las reuniones habían dejado de tener importancia de un tiempo para acá, dejando detrás de sí, un rastro de melancolía por todas esas vivencias pasadas. Estaba claro que las experiencias solo se viven una vez. La misma navidad no se repite dos veces así como no se regala dos veces lo mismo. En algún momento dejé de percibir la magia que siempre viene con esta estación, dando lugar a añoranzas de tiempos lejanos. Tiempos más

simples.

AMISTADES DE UNA NOCHE

En la soledad que propina una ciudad nueva. Deambulando entre pequeños callejones llenos de vida. Totalmente desconocidos y la barrera del lenguaje por delante... Se encontraron. En una apacible noche compartieron un poco de su vida el uno con el otro entre señas y balbuceos, creando experiencias de esas que templan la vida. Partiendo a sabiendas que probablemente no se volverían a encontrar, por ese día, en esa noche, una amistad se dio y aunque corta, será un momento que perdurará en el corazón.

DEBUT Y DESPEDIDA

Ahí se encontraba. Con esas ganas latentes de seguir adelante y sabiendo que todo marchaba en la dirección correcta. Sin procesar que aquello era un sueño o era realidad, la vida tenía otros planes para ella.

Tan solo una hora y quince minutos fueron suficientes para dejar encantados a muchos. También fueron solo unos instantes para no volver a mostrarse nunca más. De la felicidad a la ruina acelerado a mil por hora. Los cuestionamientos no se hicieron esperar y un ambiente agridulce se podía observar.

Una mente frágil derivada de una enfermedad, hecha completamente añicos por palabras de esas que duelen como puñaladas en la piel y una esperanza muerta se alojaban en lo más profundo de su ser. Cuestionando sobre su futuro y lo incierto que se volvió. La enigmática chica no se le miró nunca más. Poco se sabe de su paradero y solo algunos tienen la dicha de seguir en contacto.

Sanando sus pensamientos, aún no se da por vencida. Pese a su pasado, sigue activa en pequeños planes que va desarrollando día con día. Y solo el tiempo y ella sabrán cuando vuelva a estar lista.

CARTA HACIA AL PASADO

No sé en que punto te encuentres. Puedo decirte que sea la circunstancia por la que estés pasando, lograrás sobrellevarlo y entiendo perfectamente tu angustia. Ahora estoy mejor y yo sé que quieres saberlo... pues constantemente te encuentras preguntando en espera de una respuesta. Lo que antes parecía ser incertidumbre ahora se vuelven certezas. El camino nunca fue fácil pero eso ya lo sabes, no obstante, seguirás luchando hasta alcanzar tus metas. Te romperás una y otra vez pero, seguirás adelante. Querrás abandonarlo todo, sin embargo, aquí estoy yo para decirte que no lo hiciste, lo volviste a intentar y ahora te va mejor. Has pasado por tanto y ahora se siente tan poco. Puedo constar que de tu pesar vendrán días con paz. Aún no me conoces pero yo a ti si, el camino por el que has andado ya lo viví. Seca esas lágrimas que lo mejor está por venir.

LEJOS DE AQUÍ

Aquí lo has dejado todo. Personas, recuerdos, experiencias y un poco más. Momentos gratos que no se volverán a repetir y otros tantos que desearías olvidar pero que siguen latentes persiguiéndote. Al final del día lo agridulce predomina dejando lo bueno de lado. Y en el confín solitario de tu habitación con esa mente tan imaginativa comienzas a recrear escenarios lejos de aquí. Lugares que solo has visto en tu mente pero que reconfortan tu perturbado corazón. Solamente lejos de aquí se encuentra esa paz que desde hace ya un tiempo has estado

buscando.

OVEJA NEGRA

Expectativas no alcanzadas. Miradas que pesan sobre tus hombros cada vez que te ven pasar. El mal ejemplo que les dicen a los demás integrantes que no deben de seguir. El ambiente cambia cuando marcas presencia y de entre saludos forzados logras escapar. Cotilleo se susurra en tu andar. Siendo objetivo de burlas, prejuicios y críticas logras perdurar. Te has convertido en la oveja negra que anda sola al caminar. La única del rebaño que sus sueños trató de alcanzar. A veces se hacen realidad, en tu caso te toca trabajar un poco más. La única

certeza que tienes es que lejos de aquí tienes que

estar.

INTERPRETANDO SILENCIOS

Caminando por la acera, todo siempre se miraba igual, mismas calles, mismas casas y al llegar a la misma parada de autobús los mismos rostros. Había concluido que las cosas por su cotidianidad se habían tornado de color gris, simplemente perdieron su color en algún determinado momento. Era siempre lo mismo... mismos días a la misma hora.

Mi rutina siempre solía ser la misma, con una mirada fijamente hacia enfrente en un día sin nada aparente de ser más que otro día normal, ahí se encontraban del otro lado de la calle, resaltando entre todo ese gris , nuevos colores de una vestimenta que portaba un nuevo rostro. Mirando fijamente hacia mi dirección, nuestras miradas se encontraron, aceptando así la existencia de uno hacia el otro. Con una leve sonrisa sobre su colorido rostro, supe que era su saludo y ambos sonreímos por unos instantes antes de que nos volviéramos a perder entre todo ese gris urbano que nos rodeaba.

Entre aquellos días que parecían ser iguales, aparecían diferencias que aunque fueran sutiles lograban cambiar esa monotonía. Específicamente a la misma hora y en el mismo lugar en el que nuestros ojos se encontraron por primera vez. A veces eran gestos de saludo con las manos, en otras solamente con asentir la cabeza sabíamos a que nos referíamos y nos reíamos calladamente, pues solo nosotros sabíamos comprender lo que decía el otro. Ansiaba así encontrarme con esas sutilezas que definitivamente me hacían feliz. Y así cómo cualquier otro día, después de hacer nuestra mímica, al regresar la mirada me percaté de que nuestros ojos se volvieron a encontrar como aquella primera vez, reluciendo también la sonrisa que lo inició todo, sólo que esta vez acompañado con gestos que aluden a lo que es una despedida.

Mismo día, a la misma hora, no había señal de aquellos colores, todo era gris. Habría querido decir que algo había cambiado pero, estaría equivocado, realmente todo había regresado a como solía ser. Una calle nos separaba y por la cual nunca se llegó a pronunciar ninguna palabra. Ahí estaba yo, con estos sentimientos que no se pueden traducir al lenguaje, esperando ver de nuevo ese rostro para esta vez romper el silencio.

SENSACIÓN DE OTOÑO

Y de pronto las noches se vuelven más frescas, las copas de los árboles resuenan y sus tonos comienzan a cambiar. El calor de a poco disminuye y las bebidas calientes se disfrutan más. Recuerdos de este año se comienzan a sentir lejanos y se guardan junto con la ropa de verano. Aún falta para su llegada,sin embargo, ya se siente un cambio en el ambiente y los días se sienten de una manera diferente. El verano pasa y junto con ello nuestras experiencias. Y el otoño se alza y resopla cambios.

EL CAMINO LARGO A CASA

De vuelta a casa, ensimismado en mis pensamientos y bajo las condiciones ideales, entré en cuenta que, el transcurso era notablemente más corto de lo habitual. Había pasado tiempo que no me ponía al tanto conmigo mismo, tanto que reflexionar y meditar que el camino no iba a dar para más. Bajo una inspiración aflorada por las condiciones perfectas, tomé el camino largo a casa. Ordenando así mis ideas y sentimientos de los acontecimientos recientes en los que me encontraba. Imaginando escenarios y replicando conversaciones, mejorando aquello que pudo haber dicho y que para una siguiente pueda sacarlo a flote. Con cada paso llenaba el lienzo de mi mente con apotegmas por pinturas.

Tomando el camino largo a casa, entro en cuenta que nunca termino de conocerme y que nunca se es suficiente largo para poder colmar todo esto que yace dentro de mi.

UN RITMO DIFERENTE

Ambos se encontraban estigmatizados. Sus peculiares gustos los distinguía de los demás. No se conocían el uno al otro por lo que habían pasado su vida deambulando por su cuenta hasta que coincidieron. No eran expertos en demostrar sus sentimientos pues nunca lo habían hecho, aún así, no se dieron por vencidos, después de todo se habían encontrado. Compartiendo su tiempo y todo aquello por lo que alguna vez fueron juzgados comenzaban a desentrañar aquello que tanto habían tratado de ocultar desde hace mucho. El desahogo salía a flote y un aura de libertad que crecía de manera exponencial se manifestaba cada vez más en su ser. Un amor torpe pero sincero se forjaba en los corazones de ambos y sin saber como actuar, pensando a ratos en lo que está bien o no hacer y cuestionándose de si las cosas realmente están sucediendo, se consolidaron como pareja. Rodeados de otras enamorados y amantes, se alzaban sus dudas sobre lo que pueden hacer y el momento ideal para ello pues no querían defraudarse el uno al otro. Siempre se habían encontrado en desintonía con el resto, decidiendo así experimentar a su manera. Pese a ir más lento que muchos otros, cada día van disfrutando su viaje a un ritmo diferente.

IMÁGENES AGUJERO DE GUSANO

Buscando entre tantas memorias, ahí se encuentran, imágenes que te llevan a otros tiempos. Para los demás puede no significar nada, mientras que a ti te llegan sonidos,olores e inclusive sabores que datan de días de antaño. Entrando en consideración que lo que parecía algo cercano yace ahora tan lejano, quedándose inmortalizado en aquellas imágenes impregnadas de nostalgia. Con solo mirarlas el ambiente cambia y por unos instantes regresas a ese momento exacto y te sientes como te sentías en aquel entonces. Sensaciones que habían desaparecido y gustos que habían perecido se vuelven a avivar. Cosas que sucedieron tiempo atrás, se vuelven a sentir como el ahora y me pregunto ¿Quién fue el que dijo que no se puede regresar al pasado?

ROMPIENDO SILENCIOS

Había variado en mi rumbo diario, quizás, inconscientemente buscando un cambio que hace tiempo no llegaba y que tampoco intentaba cambiar. Otro camino que me llevaría quizás me haría salir de todo aquello que llamamos monotonía. Desesperada llegué hasta cierta parada donde mis ojos se encontraron por primera vez con él. Los cambios se hacían evidentes y lo que inició como un cruce de miradas pronto se volvieron jugueteos con nuestras manos que solo nosotros entendíamos.

Dentro de mí nacía una satisfacción de que las cosas, aunque sutiles, tenían un sabor diferente.

Pronto aquel camino que un día decidí tomar escapando de la monotonía se convirtió en rutina. Las miradas y los gestos también y un sentimiento de angustia volvió a nacer dentro de mi. Aquello de lo que estaba intentando escapar regresaba a mi, haciendo que se me retorciese el estómago de tan solo pensarlo.

Nunca nos dirigimos una sola palabra. Aquella calle parecía una barrera de la cual ninguno de los dos intentó romper. Quizás eran agallas o una falta de interés por parte de los dos. Cual fuese la razón, siempre nos limitamos a un pobre lenguaje de señas y en un apresurado intento de volver a escapar de esa cotidianidad... cambié una vez más mi camino. Acabando abruptamente con ese choque de miradas y un jugueteo sin sentido. Creyendo así que algo que ni siquiera sé que es, podría mejorar.

Aquel camino nuevo no era lo que yo esperaba y al contrario, me sentía más perdida, más fuera de sí. Aquello que tanto buscaba se sentía cada vez más lejano. Harta de todo corrí hasta que mis piernas me lo permitieron y en esa acelerada, un choque abrupto lo cambió todo. Ambos habíamos caído al suelo, en mi desconcierto, una voz poco a poco se hacía clara— ¿estás bien?—. Escuchaba decir a alguien. Mis ojos enfocaron su rostro y una expresión de asombro me invadió.

—¡Hola!

CUANDO EL CIELO LLORA

Los sonidos urbanos comienzan a ceder de a poco hasta que solo se puede escuchar el golpeteo de las gotas contra el frío concreto. La nostalgia cobra vida mediante el aroma que resalta cada vez más ese aroma húmedo que yace en el ambiente. Convergiendo todo en perfecta armonía que hace parecer que el tiempo corra más despacio y aún así con cada gota cayendo, se entra en cuenta que no se detuvo ni un momento. Es el momento perfecto cuando la felicidad y la tristeza coinciden pues se termina olvidando el motivo de las lágrimas que pasan desapercibidas con las otras miles que se tiene sobre el rostro. La vida en colores grises a veces es desahogo, alegría y demás sensaciones contrastadas que varían entre cada ser humano. Es por todo eso que no sabemos que cuando el cielo llora es por alguno de todos esos sentimientos o si es por todos. La excusa perfecta para acercar personas, compartir un paraguas o tomar un café y a su vez las separa con despedidas y postergando citas. Cuándo el cielo llora entramos en cuenta que eso que sentimos está siendo compartido con miles de personas más.

LA LUZ QUE SE EXTINGUE

Su sonrisa sutilmente desaparecía. Con el paso de los días se volvió evidente, pocos se dieron cuenta de ese cambio.

Todos pasamos por un ciclo de alegrías y tristezas que va repitiéndose a lo largo de nuestras vidas y que nos ayuda a madurar nuestras emociones. He escuchado muchas veces que no se puede estar siempre feliz, sin embargo, nunca he escuchado que no se puede estar siempre deprimido.

Como si de una máscara pegada a su rostro se tratase, volvió a sonreír de alguna manera, no se sentía real , no era la misma sonrisa. Sus ojos también comenzaban a evidenciar una gran carga. Se había vuelto aletargado, desmotivado, ya no desprendía esa alegría por la que muchos lo conocían . Se creía que solo era una mala racha, un mal momento. Solo eran estipulaciones y si algo era cierto es que se le veía cada vez menos. Poco a poco su luz iba perdiendo fuerza. Nunca pidió ayuda, lo sentía como un peso más.

Y así como una carrera contrarreloj... el tiempo se acabó sin que nadie ni nada pudiera evitarlo. Había muchas preguntas e incertidumbre por respuesta. En secreto cargó con injusticias y penas. En secreto su luz se extinguió.

SOLLOZOS EN LA OSCURIDAD

Poco a poco mis ojos abriéndose se encontraban.

De nuevo a la misma hora 5:44 A.M.

En medio de la oscuridad, algo me invadía, invisible a mis ojos pero mi corazón lo percibía. Latiendo cada vez más rápido y una respiración entrecortada , así era esta nueva rutina. En la penumbra solo había silencio y se rompía entre ratos por pequeños sollozos que comenzaban a tomar fuerza. Aflicciones que en el pasado no pudieron ser expresadas salían a brote a cobrar factura. Sin poder respirar, sin poder gritar, la oscuridad me consumía remarcando más esa soledad plasmada en cada rincón de la casa. Mi conciencia se desvanecía lentamente y mi vista se tornaba cada vez más borrosa.

Sin darme cuenta, rayos dorados se asomaban por mi ventana. Traían consigo una agradable calidez que me recordaban que seguía vivo. Lo lóbrego se había ido. Mi corazón otra vez en paz estaba.

MAR DE FRUSTRACIÓN

Para él, aquel futuro no era tan incierto como otros pueden llegar a creer. Puede que ya esté hecho y no haya nada que hacer al respecto. Ciertas cosas no pueden cambiar por más que lo intenta. Es difícil y a pesar de que eso es lo que cree no suele aceptarlo. Dice que es injusto, sin embargo, así es la vida ¿No?.

Había dedicado toda su vida a ello para quedarse con la sensación de que todo había sido en vano. A su alrededor solo podía ver a los demás en un nivel completamente diferente, aún así, se sentía feliz por ellos. Aunque ese mismo hecho lo hacía sentir insignificante. En un mar de frustración se ahogaba cada vez más y los ¿Por qué? como tiburones lo rodeaban. No nació con un talento nato, siempre se consideró una persona normal y por ende no resaltaba en nada. Trataba de convencerse que no hay un lugar para las personas como él en este mundo. Fue en ese momento cuando el mar se descontroló y con ello un oleaje de desahogo y resentimiento que hace tiempo se encontraba guardado se desbordó. Aquellas aguas tempestuosas regresaron a la calma. En algunas cosas ha cambiado su perspectiva y desde luego lo ha vuelto a intentar.

Jamás lo culpé por como se sentía. En cualquier momento de nuestras vidas puede suceder: Los planes cambian, las metas se postergan y los sueños se rompen. La marea sube y las aguas se vuelven difíciles de controlar al punto de ahogarnos cada vez más y más.

INQUIETUD

Y de repente la cabeza te da vueltas. Te falta concentración. El corazón late cada vez más rápido que sientes que se saldrá de tu pecho. Por más que lo deseas esa inquietud no se va. Todo ocurrió de la nada, o eso es lo que crees. Te convencías que estabas mejor por tu cuenta. Poco a poco la compañía de esa persona fue cada vez más cálida que aviva tu corazón que inclusive pierdes el sueño por estar fantaseando mil y un escenarios. Al principio incrédulamente lo negabas. Al poco tiempo aprendiste que no puedes engañar a tus propias emociones. No te puedes engañar a ti. Sabes lo que significa, todos los síntomas están presentes como si de una enfermedad se tratase. Tu peor enemigo es el miedo. Miedo por no saber si esa enfermedad es recíproca o si eres la única parte contagiada. Tratas de ocultarlo pero ya es tarde, ya no eras como solías ser en un principio, esa persona te cambió de una manera egoísta pues solo con ella eres diferente. Algunos días te frustras porque no puedes ser directo y no sabes lidiar con esas sensaciones. Sin embargo, cuando esa persona se muestra en tu mente, terminas tontamente feliz. No tienes idea de cuál fue la razón. Su rostro, su físico, su manera de ser tan peculiar. O quizás fue todo eso en conjunto lo que te llevó a sentirte así.

Una persona que para el resto del mundo es común, para ti se volvió especial.

RETRATO

Una imagen que lo cambia todo. El golpe de realidad que necesitabas para entrar en razón de que la gente cambia, los sentimientos acaban y las memorias se desvanecen. Y duele. De nuevo regresa esa sensación que presiona tu pecho y es cada vez más intenso con cada recuerdo que transita por tu mente y a pesar de que ya la conoces, nunca terminas por acostumbrarte.

Ahora sangras emociones. El recuerdo de aquella imagen seguirá resonando. Aunque es perecedero se siente infinito. Todo es relativo. Quieres que termine, pero como todo, es un proceso. Te molesta tener que depender del tiempo para sanar. Exiges una solución inmediata a pesar de que no hay nada como tal. Solo con el pasar de los días lo sabrás. Volverás a ver aquella imagen y tu corazón ya no se detendrá. Lo que en su momento te afligía, ahora ya no es importante, ya no más.

CAÍDA LIGERA

Ojos cerrados. Un suspiro más. La existencia es exhaustiva a veces. Algunos no lo logran comprender del todo. Entre todo ese remolino de emociones e ideas que aún no pasan pero que en la mente ya pasaron. Y entre la indecisión de como ver el vaso, todo sucede y se entra en cuenta que la vida no todo termina tan dramáticamente. A veces transcurre de una forma tranquila como la caída de una pluma y en ese descenso se aprecia una ligera mezcla de felicidad e inquietud. En ocasiones son horas complicadas y también momentos de paz. Permanece indiferente pues sabe que no puede volver atrás. Cuando se creía que todo estaba perdido... el aterrizaje termina siendo suave y con calma.

Los ojos se abren. Otro día más. La tensión se ha dispersado y el vuelo de aquella pluma vuelve a comenzar.

MEJOR DE LEJOS

En su día a día todo era discusiones y pleitos. Se sentía fatigado. Algo invisible presionaba con su pecho. Una respiración agitada y unas lágrimas desbordándose a montones.

No eran aquellos chicos que lo golpeaban en la escuela, no en su mayor parte. Tampoco sus amistades falsas que lo veían más como un bufón que como un amigo. Del seno de la familia provenía. Progenitora de él era. Su rostro le recordaba a ella el matrimonio que no funcionó, desprendiendo cólera cada que lo miraba. A veces también él se lo buscaba. Una relación de enojo y rencor, se volvía cada vez menos sana.

En algún momento aquel chico en cierta medida harto y cansado de discutir una y otra vez, se marchó. Las últimas palabras de su madre recayeron en él como una sentencia por un juicio perdido: "Si te vas, esta casa ya no tendrá las puertas abiertas para ti". Y así marchó un hijo que perdió su hogar.

A como pudiera logró sobrevivir. Tampoco es que se esforzara demasiado. Sabía que no había vuelta atrás. No existía para él un hogar a donde regresar si las cosas salían mal. Todo era un abismo de incertidumbre. A veces quería darse por vencido para instantes después tragarse sus palabras pues al recordar todas aquellas peleas, sabía que era lo mejor de una u otra manera. En lo que ahora era su nueva vida una llamada telefónica surgió. Su madre ni más ni menos. Un intercambio seco de palabras y un "adiós" que no mostraba ninguna expresión. Las llamadas se volvieron recurrentes y poco a poco la relación volvía a fluctuar otra vez. De un momento a otro se estaban llevando mejor que lo que habían pasado ya hace años. Volvieron a intentar vivir bajo el mismo techo y así como una caja de pandora, el caos se desató, de nuevo pleitos, de nuevo quejas, de nuevo esa violencia que había tratado por mucho tiempo librarse de ella. Ahora él sabía lo que tenía que hacer pues para afrontar su relación tiene que ser mejor de lejos.

AURORA BOREAL

Ella vive acelerada. Hasta por lo mínimo se presiona. En su perfeccionismo yace su imperfección. La mente nunca la deja descansar. Por las mañanas atareada y por las noches pensamientos que se bifurcan como raíces de un árbol que podrían seguir extendiéndose toda la noche de no ser porque cae rendida ante el sueño. La mayoría del tiempo tímida y callada, eso sí, no digas algo fuera de lugar que es seguro que no se quedará en silencio. Un día Temperamental al otro frágil, contradicción en su máximo esplendor . Muy dentro de su corazón tienes que estar si quieres contemplar su verdadero ser.

Ojos que miran con ternura y una sonrisa que enternece corazones. Solitaria la mayor parte del tiempo, así lo prefiere ella. Una belleza cautivante que no siempre puedes ver, como una aurora boreal, paciente tienes que ser y esperar hasta el momento perfecto para poder contemplarla. Acontecimiento que no todos pueden apreciar, que solo algunos tienen la dicha de decir que lo vivieron.

Ella vive apresurada. Tiempo es lo que más le hace falta. A veces demasiado atareada, pero siempre confiada de sí misma. Así es su vida , muchas veces pasa desapercibida para los que no son observadores. Solo ella sabrá cuándo volverá resplandecer en los tonos que solo ella conoce y que la definen como es.

IMPLOSIÓN

Afuera estaba todo, no le prestaba nunca atención. O eso era lo que creía. Una actitud alegre que fue decayendo poco a poco y un ¿Por qué? emergía. Entre preocupaciones y otros males, afuera ya existían, simplemente yo no los veía. Y con los días una nueva actitud surgía. De una implosión que absorbió todo eso de fuera, a mi ser corrompía.

Afuera estaba todo, ciegamente no lo percibía, no lo sabía, ahí se encontraba, ahí yacía. Y yo que lo desconocía no pude hacer nada. Ya era tarde, algo en mi cambiaría. La implosión había sucedido, una persona nueva nacería.

CRISIS DEL TAMAÑO DE UN QUARK

8:00 P.M. Hora de salida. Yo no quería esto. Audífonos listos para escuchar esa música que entra por los oídos y sale por los lagrimales. Una caminata larga, unas cuantas de esas canciones y miles de pensamientos. El jadeo repentino, la falta de aire, esa sensación de ser insignificante ante todo lo demás. Con cada paso todo regresa a la normalidad, alivio, quizás porque estoy cada vez más lejos de aquel lugar.

8:30 P.M. El cielo se tiñe en tonos azules oscuros. Las estrellas de poco a poco se van revelando. Las lágrimas no cesan. La mente a mil por hora. Yo no quería esto. Recuerdos que van y vienen, decisiones erradas que me han llevado a este momento. Una noche inmensa que se expande hasta el infinito. A comparación, yo solo soy un punto efímero.

9:00 P.M. Regresa la calma. El nerviosismo se desvanece. La crisis igual desaparece. Por ahora. De nuevo en mi hogar. Vuelvo a ser yo. El universo sigue siendo vasto. Y yo sigo siendo ese punto efímero, sin embargo, hasta los 'Quarks' tienen su función, siendo tan increíblemente pequeños. Es ahí donde mis ojos se abren y sé que sigo siendo relevante. Esto aún no acaba.

NUNCA APRENDÍ

A diferenciar lo que está bien o mal. Para algunos está a la inversa.

A hacer cálculos rápidos. Siempre me tomé mi tiempo.

A reconocer lo que es considerado amor. ¿Si te detengo? ó ¿Si te dejo ser libre?

A sentir lo que siento. ¿Es esto angustia? ó ¿Es miedo?

A apreciar las pequeñas cosas. ¿De cuánto me he perdido?

A razonar mis decisiones. Siempre fue por impulso.

A dictaminar lo que realmente quiero. Siempre fui a lo seguro.

A calmar lo que pienso. Se sale de control.

A perseverar en mis sueños. Ahora todos están rotos

Nunca aprendí a controlar lo sucedido. En algún punto se salió de mis manos. Ahora ya es inalcanzable. Ahora ya es lejano

LA PEOR PANDEMIA NO ES UN VIRUS

La incertidumbre en boca de todos. Las calles cada vez más solitarias. Algunos se quejan otros acatan. El pánico es el peor enemigo y aún así lo sentimos. Un día nuevo, una nueva mala noticia. Peor hacen aquellos testarudos que tratan de refutarlo todo. Las pandemias son malas, no por su gravedad , sino porque sacan lo peor del ser humano. Desabastos, terror y egoísmo. Entre el temor y la desinformación yace el verdadero peligro. Así como un virus la ignorancia se esparce rápidamente.

LA ENTROPÍA DE LOS PENSAMIENTOS

No sé como sentirme. No esperaba que pasara esto. Soñé. Lo intenté, fallé y aquí estoy... diciendo si queriendo decir no. Haciendo cosas que no quiero hacer. Atrevido e ingenuo. A lo que he llegado, no quería esto para mi. Nada de esto me gusta y el único culpable soy yo. Ahora el tiempo ya no está de mi parte. Las oportunidades comienzan a agotarse. Sólo ese noctambulismo acogedor me sirve de confort por las madrugadas, me ayuda a plasmar sobre la hoja esta entropía que comienza a las 2:00 A.M. Y que me hace escribir caóticamente. Una amalgama de pensamientos y reflexiones que me atormentan pero que también me alivian. No sé como sentirme entre mi mente efímera y mi realidad. No sé como sentirme tan solo quiero escribir. Tan solo quiero... expresar.

PLAYLIST

Sus primeras canciones fueron gustos heredados de sus padres. Al crecer se atrevió a investigar por su cuenta. Un poco de rock alternativo por aquí, un poco de pop por allá. En sus momentos donde se creía rudo entraba el metal y al momento de reflexión acudía a las baladas tranquilas. Nuevas canciones significaban las nuevas bandas sonoras de lo que serían sus futuros recuerdos. Ya de adulto el factor nostalgia le hacía recordar canciones que yacían sepultadas en su mente. Cada recuerdo viene acompañado de su canción, es por eso que cuando escucha "Turn off the light" recuerda los domingos en el parque con la familia, si le ponían "99 red balloons" automáticamente le llega a la memoria su época de la primaria. Ahora se encuentra escuchando Lo-fi cada que se pone a escribir a altas horas de la noche. Sin duda alguna las Playlists de la vida son vastas, están cargadas con nostalgia y van cambiando de ritmo y género con el pasar de los años.

LA ÚLTIMA VEZ

Una melodía de fondo. Una luz tenue. Lápiz en mano y la mano sobre el papel. Sabía que era la última carta. Aquella en la que se encontraban sus sentimientos. Sentimientos que ya no serían correspondidos. Una despedida que suena más a un "quédate". Un último "Te amo" que no suena a final. Comúnmente se despedían. Ahora ya no puede hacerlo... pues sabe que esta es la última vez.

GABRIELLE

Independiente. Siempre ha cuestionado el ¿por qué? de las cosas, lo cual siempre le he admirado. Su perspicacia y valentía se hacían notar ya desde pequeños. No recuerdo cómo comenzó esa amistad. Yo tan cauteloso y cohibido y ella tenía esas inquebrantables ganas de vivir. Me extendió su mano. Me mostró como mira el mundo. Sin miedo y siempre con una sonrisa en la cara. Así es como debemos enfrentar los problemas. Y siendo tan ella tenía que partir. No podía quedarse aquí pues no tenía suficiente espacio para desplegar sus alas. Momentos que creía

durarían para siempre, tan solo fueron efímeros .
Nunca nos despedimos pero la amistad ahí
seguía. Pese a su partida, nunca nos dijimos
adiós.

Por ahí se encuentra... con ese rostro lleno de
pecas que conquista mundos y corazones. Fiel a
sus principios y a sus sueños. Trabajadora nata.
Tanto aprendí de ella. Otro tanto me faltó
aprender. Por más lejos que esté, siempre
recordaré esa amistad que tuve oportunidad de
haber vivido.

AMNESIA

En el transcurso de su vida jamás le tomó importancia. Una vez fue estudiante de nuevo ingreso. Ya no lo será más. Su primer beso. Tomado. La primera relación. También. Las primeras veces se acaban. El mismo chiste no es divertido la segunda vez que lo escuchas. Amnesia, le gustaría tener. Reiniciarlo todo. Aunque eso no podrá ser.

FANTASMA

No puedes verme a pesar de que yo soy tú. En todo este tiempo he estado cerca de ti. Convivo contigo, soy producto de esas decisiones que has tomado. A veces me enfado porque regresas a ese camino que ya recorrí y que nos llevó a ningún lado. No puedes oírme. Tampoco mirarme. Solamente entre sueños me he comunicado. Con frecuencia me recuerdas. Te doy vergüenza porque he fallado. Ojalá pudiera aconsejarte pero simplemente no soy escuchado. Pues la mayoría de veces te equivocas y terminas lastimado. Y por más que he tratado, no puedo hacer nada. Solo soy un fantasma del pasado.

TALENTO

No tengo talento para nada. Alguna vez te escuché decir. Nunca te salieron esos trazos en dibujo. En música siempre desafinado estabas. Matemáticas. Español. Física. Se te daban fatal. Malas notas, por supuesto. Sabía que lo que decías era verdad. Tu rostro serio, empapado en lágrimas lo demostraba. Dentro de ti lo confirmabas. ¡Ey! Tienes el suficiente talento para vivir. Por algo estás aquí. Puedes ser malo en miles de cosas, pero no puedes negar que vivir se te da bastante bien.

META

Una hora. Un día. Un año. La fecha fija y el compromiso sellado. Una mente motivada. Ganas sobran. Esfuerzo también. Aquel sueño ha evolucionado, ahora es algo real. Y tú estás dispuesto a darlo todo por lograrlo. Te das cuenta que perdiste tiempo. Antes hubiera sido otro motivo para dejarlo todo. Sabes bien que ahora no será así, sea lo que sea a lo que te enfrentes, no habrá muro que no puedas derribar. Aquella meta podrás alcanzar.

CONSANGUÍNEA

Al momento en el que leas esto, ya habrás dejado tus juguetes atrás. Día a día descubrirás nuevas cosas de ti. Seguirás aprendiendo y educándote, no solo de manera académica. También como persona. La era de los cambios llegará, tienes que estar lista para afrontarlos. Definirás tu personalidad, la amabilidad es fundamental. Nunca dejes de soñar. En todo caso, vuelve tus sueños realidad. Existe un proceso que repetimos durante toda nuestra vida, desde el momento en que nacemos hasta el momento que morimos.

Por siempre y para siempre. Lo conocemos como crear recuerdos, pueden ser deprimentes, vergonzosos, pero es algo preciado para nosotros. Atesora todos y cada uno de ellos. Sé fiel a ti misma y no te subestimes. Podrás tener diez, cien o miles de batallas a lo larga de tu vida y en cada una de ellas vencerás, te volverás más fuerte. Sabia. Demuestra tu amor con acciones y no con palabras y nunca te contengas en expresar tus sentimientos. Lucha por tus ideales y por lo que creas correcto. Sé justa y admite tus errores cuando te equivoques. Aprender a perdonar y a pedir perdón. En tus desilusiones, recuerda todo aquello que te hace reír. Llorar está bien, pero no malgastes lágrimas por aquellos que no te sepan valorar. Con el tiempo sabrás que estás con la persona correcta cuando: Te ayuda a superarte, sueña contigo, bromean juntos. Valora a las personas por lo que llevan en su corazón y no por su físico, sus bienes materiales o cuánto llevan en el bolsillo. Vive en armonía y en paz. Aunque las opiniones sean distintas, existan puntos de vista diferentes o entres en desacuerdos. Respeta. Descubrirás que en este mundo existen personas muy diferentes a ti, cada una con su propio pensamiento y su forma de ser. Sé feliz y alegre. Transmite y comparte esos mismos sentimientos. Ríe a carcajadas, baila bajo la lluvia, sueña en grande, canta en la ducha. Disfruta lo más que puedas en este patio de juegos llamado vida.

Mientras yo aquí, seguiré apoyándote en todo. Te amo.

LUNA

Siempre estás ahí en lo alto. Brillas. algunas veces más que otras. Siempre puntual. Las estrellas son tu adorno. Sobresaltan tu belleza y en algunas ocasiones hasta pasan viajando cerca de ti. En altas horas de la noche has sido mi musa y mi fuente de inspiración. Y solo tú estás ahí para escuchar mis pensamientos.

Estuviste desde antes de que yo existiera. Seguirás después de que deje de ser. El contemplarte es un viaje al pasado, pues sobre ti se han postrado ojos de todas épocas. Has presenciado la melancolía de muchos y has reconfortado a otros tantos. Al mirarte anulas distancias. Nos vuelves más cercanos. De pequeño creía que tú me seguías. Incrédulo fui, pues yo era el que quería seguirte a ti.

TODAVÍA FALTA

Dices que quieres morir. Yo todavía te miro que disfrutas de aquella canción que desde años escuchas. Aún sonríes al comer tu postre favorito. Continúa la alegría de tus lindos recuerdos. Pocos son. No tienen fecha de caducidad ya que te echas una que otra carcajada al revivirlos.

Dices que quieres morir. Yo te veo con las suficientes ganas de seguir viviendo. Pocas serán las cosas que te provocan alegría. Aférrate a ellas. Con el tiempo nacerán nuevas. Y persistirán las que ya tenías. Todavía falta para que tu momento llegue.

LÁGRIMAS QUE NO EXISTEN

Su quinto suspiro del día. Por la noche serán otros tres más. Quiere desahogarse. Sus lagrimales como desierto están. El corazón delator que por debajo de su piel yace, está a punto de explotar y no hay ni pizca de lágrimas. Sentado al borde de su cama lo desea. Sus ojos no cooperan. Sus manos tiemblan. Una mueca de frustración se muestra. Y su llanto jamás llega. Su tanque de lágrimas se vació. En los días pasados había llorado, ahora ya lo olvidó. O es el mismo que sin darse cuenta ya mejoró.

UNA

Una mala decisión. Una mala mañana. Una mala noticia. Una crisis existencial. Una de tantas ansiedades.

Pero cuando tú estás, una sola de tus caricias y ya está. Una y nada más.

NO TE DARÁ

Para escuchar todas las melodías existentes. Ni para todos los filmes exitosos. ¡Vamos! que aunque pudieras te saltarías uno que otro título. No te dará toda la vida para conocer a toda la gente amable. Ni para recorrer cada rincón del planeta. Menos si no sales de esa rutina tan arraigada que llevas contigo. No te dará para muchas cosas. Pero si te dará para que elijas las canciones que marquen tu vida. Mires las cinemáticas que van más allá de tu imaginación.

Conozcas a esa gente que siempre estará contigo.

Ya ve planeando si irás primero a Europa o Asia.

Si te alcanzará para tu primer beso. Para tu primer amor y con suerte el último. Vida de sobra tendrás para amar. Aunque también para perder y llorar. Que importa aquello que no se dio. De seguro fue por alguna razón. No te preocupes. Estoy seguro que las cosas se darán.

CIUDAD DE CANTERA ROSA

Calles adoquinadas. Cielo cableado. Edificios que se asemejan a otros lugares. Una calzada tan larga que no miras su fin. Una fuente donde se encuentran futuros y actuales amores. Arcos que antaño estuvieron embrujados. Jardines por doquier. Esa satisfacción melancólica de que has recorrido esos mismos lugares una y otra vez pero, que no te cansa. Lo que pasa de ser cotidiano algún día se volverá un recuerdo lejano. Hoy caminas por esa calle que por más veces que la has pisado, aún no logras aprenderte el nombre. Mañana te acordarás de las incontables veces que pasaste por ahí. Por ahora tus pies te agradecen que hayas caminado nuevas veredas. Aquella ciudad yace lejos con todas tus vivencias. Para ti queda en un rincón especial de tu corazón. Te vio nacer, te vio recorrerla una y otra vez. Sentado en sus bancas. Comiendo en sus restaurantes. Siendo parte de ella.

RED SOCIAL

Tengo mucho sin publicar. De verdad que me avergüenza que no tengo nada que mostrar. Que mi vida es aburrida. Claro, así también lo he preferido. No se preocupen, algún día volveré con anécdotas y fotografías de mis aventuras. No sé cuando llegue ese momento. De que llegará, llegará. Mientras tanto, me coloco como inactivo. Disculpa si tardo en contestar, estoy ocupado en sanar mis sueños. Mejor me pongo como no disponible. Cuando veas otra vez el punto verde, sabrás que estoy listo para compartir algunas de mis hazañas.

DESPEDIDA A MEDIAS

Aquí estoy una vez más. Con la esperanza muerta, mis sueños rotos y mis lágrimas vivas. Pero con una tranquilidad tan sutil que me recuerda los atardeceres otoñales. No me dará el tiempo suficiente para despedirme de todos personalmente, aunque prefiero que sea así. Ya lo he postergado lo suficiente. El reloj corre, las estaciones cambian y yo sigo aquí. Me gustaría decir que esto es un hasta pronto temporal pero es más un Hasta nunca definitivo.

Con la melancolia a tope, pienso en las cosas de las cuales me voy a perder. El sonido de la lluvia. Aquellas historias que no podré contemplar. Esas canciones relajantes que ya no podré escuchar. Esos besos que ya no podré dar. En mi mente resuena qué es lo mejor. También me aterra, pero ese ya es otro tema. Mientras tanto, me despido a medias. Porque si me despidiera por completo... no tendría el valor para hacerlo.

EL HOMBRE DE LAS MALAS DECISIONES

Desde que era un niño comenzó a tomarlas. Aquel sabor de helado no era lo que él esperaba. Ya de adolescente se equivocó en elegir a esas personas a las que llamaría amigos para que después lo abandonaran. No lo quería aceptar, siempre guiado por su corazón, no perdía la esperanza. Tus padres te lo dijeron ¡Que va! Aún así querías intentarlo. No podía quedarse de manos cruzadas pensando que quizás desperdició una oportunidad. Decisión tras decisión. Todas erradas. Todas vividas. Y ahí continúa, ahora ya es más cauteloso, eso hay que reconocer. Lo único que sacó de provecho es la experiencia, esa que solo ganas tomando decisiones arriesgadas. Aún así, él no se rinde, fallará cuantas veces sean necesarias. Al menos así dice él. ¿Perseverante? Quizás ¿Tonto? Desde luego. No hay vuelta atrás, solo queda seguir decidiendo. Seguir equivocándose. Seguir avanzando. Nadie le dice lo que pasará al tomar una decisión. Nadie le dice porque nadie puede hacerlo. A veces las cosas salen y otras veces nos dejan un mal sabor de boca. Sin duda alguna el hombre de las malas decisiones lo conoce muy bien. El corazón y la experiencia la tiene. Solo falta la siguiente oportunidad.

CAMBIOS

Nunca los has querido. Para mala suerte tuya siempre los has tenido. Que dicha para una persona de hábitos. Te aterran y eso hace que no sepas que hacer. Recuerda, los cambios no son buenos ni son malos simplemente no es lo que solía ser. Adaptarse es tu mejor arma para combatirlos. Hacerles frente. Aunque tú nunca has querido eso. Buscas regresar a lo que solía ser. Dentro de ti sabes que eso es una falacia, pues lo que fue ya no será. Y así es la vida, nuevos cambios llegarán. Yo sé que lo odias.

Hasta ahora lo has sobrellevado bien. Sigue así.

CAMINATA

Esa suave brisa. Esos sonidos urbanos. Esos pensamientos pasajeros que se cruzan de calle. Ese sentimiento de libertad al deambular sin rumbo. Como amo las caminatas. En atardecer o bajo la lluvia. Mi momento preferido para convivir conmigo mismo.

EL GATO NEGRO

Algunos creerían que al verte atraes la mala suerte. Al tenerte en mis brazos pensé en todo lo contrario. En consecuencia, su adopción fue inmediata. Tan pequeño, exploraste cada rincón de mi casa. Los primeros días fuiste muy tímido. Hoy en día hasta duermes conmigo. En más de una ocasión tu ronroneo me ha ayudado y es por eso que me siento agradecido por haberte encontrado.

Los Años pasaron para decidirme por un nuevo compañero. Nueve años para ser más exacto. Y aquí estás... alegrándome mis días. Ya te lo digo que los vuelves mejores. Que ironía. Pues más que un infortunio, me siento afortunado de tenerte. A ti mi nuevo compañero

ENCUENTRO

Es la primera vez que me miras con detenimiento en mucho tiempo. No, en otras ocasiones ya lo habías hecho. miro tu rostro, refleja preocupación. Tus lágrimas recorriendo las mejillas lo confirman. Suspiras, una y otra vez, pero no dejas de mirarme, en ningún momento apartas la vista de mi. Y piensas en lo que ha sucedido, sabes bien que no te ha ido del todo bien, pero aquí sigues... intentando ¿No?

A veces quieres darte por vencido. Como si en el pasado no lo hubieras hecho ya. Pero esta vez quieres que sea diferente, quieres un cambio, aunque aún no sabes que es ese cambio y por dónde tienes que empezar y eso es lo que te mantiene a que continúes en tu día a día. Por favor no te rindas. Inténtalo una y otra vez a pesar de que las cosas no te salgan, a pesar de que creas o que sientas que no saldrá como tu lo esperas. Prefiero seguir mirándote todas las mañanas y ver que no te has rendido. Pues si un día ya no apareces, yo tampoco lo haré. Yo necesito de ti. Necesito que estés ahí puntual para poder seguir viéndote. Pues ambos sabemos que estaré siempre para ti.

ATT: Tu reflejo

EL FIN DE LA ENTROPÍA

Y así como en todo, la noche termina. Los silencios se rompen. La entropía se calma y con ello el resplandor de luz que anuncia un nuevo día. La mente duerme y el cuerpo se relaja, reponiendo energías para las actividades cotidianas. Y todo aquello presente en el noctambulismo se vuelve a guardar, hasta la siguiente sesión en la que entropía vuelva a surgir. Así como el universo, caótico por naturaleza, los pensamientos se retuercen y evolucionan con extrañeza.

El caos no termina, seres caóticos somos buscando harmonía. Y en nuestro día a día ahí se encuentra, pues a altas horas de la noche se manifiesta la entropía. Acompañándote en la velada, entre anécdotas y reflexiones, siempre estará ahí predominando en los agobiados corazones.

GRACIAS

Gracias por llegar hasta aquí. No soy el mejor escritor y no pretendo serlo. Nunca se me dio bien expresarme con palabras para todo aquello que yace en mi entrópica mente. Fue ahí donde escribir fue un alivio para mi al interpretar todo aquello que mis pensamientos quieren decir. Esto fue una recopilación de sentimientos, anécdotas y pensamientos que así como yo otras personas han vivido o presenciado. Todo aquello que aflora a altas horas de la noche escrito desde mi punto de vista y como yo miro la vida, a mi y a otros. Y ya sean momentos de paz, consternaciones o desahogos, podemos coincidir que cuando el silencio reina en la madrugada, es el mejor momento para reflexionar sobre todo aquello que nos rodea.

Muchas gracias por haberme leído y todo aquello que quería contar de esta forma. Para mi fue un gran reto este viaje lleno de sentimientos mientras plasmaba todas esas vivencias que ahora son recuerdos latentes en mi. Agradezco a las personas que me sirvieron de inspiración para la realización de este proyecto y a los pocos que me dieron su opinión sobre esta obra. En verdad muchas gracias por leerme, significa mucho para mi. Entre miedo y otras cosas dudaba de si alguna vez podría realizar algo así, es por eso que ha sido un gran paso para mi como persona el poder dar por finalizado este episodio de mi vida. Nuevamente doy gracias por su tiempo y su apoyo. Los veré en otra madrugada a la espera de escuchar sus propias entropías.

EPÍLOGO

En uno de esos días donde los estaciones transicionan de una a la otra. Me dispuse a completar ahora si, aquello que quería hacer desde hace mucho. En el pasado ya lo había intentado, cosa que por cierto, no cumplía con mis expectativas. Fue así que entré en un lapso de frustración donde me cuestionaba el porque lo que escribía no se sentía como todo lo otro aquello que había leído. A comparación, lo mío no era nada. No fue sino hasta que encontré a cierto autor el cual, sin darle muchas vueltas en su cabeza comenzó a escribir desde twitter sin esperar nada a cambio. De esa manera se hizo conocer y ahora tiene ya más de 9 libros publicados. Adentrándome más en su historia me di cuenta que aquel autor escribió basándose meramente en lo que lo rodea desde su forma de ver la vida y todo. Fue ahí donde entré en cuenta que no necesariamente te tienes que quemar la cabeza tratando de idear una obra maestra. A veces solamente te tienes que sentar y dejar a todos esos pensamientos y sentimientos fluir. Inmediatamente compré más ejemplares de él y es así como coloqué la primera piedra para la construcción de éste libro. No es para nada una obra maestra, sin embargo, ahora lo puedo ver con cariño y con orgullo esto que nació de mis manos para compartirlo con el resto del mundo. Entendí que no tienes que pensar tanto en la historia perfecta, tan solo necesitas una tarde relajada, buena música y querer escribir. No hay una fórmula exacta para plasmar aquello que llevamos en nuestras mentes ni mucho menos hay una forma correcta de como debes de escribirlo. Y quizás no te guste lo que escribas pero creeme, con el tiempo comenzarás a tomarle cariño a tus obras. Sin duda alguna es de las mejores sensaciones que he experimentado.

AGRADECIMIENTOS

Muchas gracias a ti como lector por darme una oportunidad de mostrarte un poco de mi mundo y mi forma de ver las cosas. Y gracias a aquellas personas que tuvieron fé en mí por finalizar esta obra.